Conan de Barbaar

Eerste deel

Erika Sanders

titel
Conan de Barbaar:
Eerste Deel
Van
Erika Sanders

serie
Conan de Barbaar deel 1 al 4

Omslagfoto: @ katalinks - 2023

Eerste editie: 2023

Overzicht

Ontmoet de vrouwen in Conan's leven zoals je nog nooit eerder is verteld...

Na nieuwe avonturen en triomfen keren Conan en zijn groep terug naar de stad waar Tarantia ligt.

Zal de terugkeer ervoor zorgen dat ze het avontuur missen? Of zal het beter zijn dan verwacht?

Deze publicatie bevat delen 1 t/m 4:

1 - Conan

2 - Zula

3 - Cassandra

4 - Valeria

Nieuwe serie gebaseerd op personages uit het werk van Robert E. Howard.

Opmerking voor de auteur:

Erika Sanders is een bekende internationale schrijfster die, ver van haar gebruikelijke proza, haar meest erotische geschriften signeert met haar meisjesnaam.

Inhoudsopgave:

CONAN DE BARBAR
EERSTE DEEL
VAN
ERIKA SANDERS

HOOFDSTUK I
CONAN

De zon scheen op de stad Tarantia terwijl de kleine groep om de top van de heuvel cirkelde.

De witte torens, koperen koepels en minaretten glinsterden in het zonlicht en begroetten hen na hun lange reis.

De afgelopen weken waren spannend en gevaarlijk geweest toen ze verloren catacomben verkende op zoek naar schatten en ze vocht tegen monsters en boze geesten om hun prijs te krijgen.

In feite waren het de munten die nu hun rugzakken droegen.

Conan keek naar zijn leeftijdsgenoten, trouwe metgezellen in de gevechten die ze hadden meegemaakt, en nog veel meer daarvoor.

Lady Yasimina was de leider van de groep, ondanks haar buitenlandse afkomst.

Ergens in het zuiden, aan de overkant van de rivier de Styx, geboren in de aristocratie, waren ze niemand minder dan de edelen van Tarantia of de naburige steden.

Zijn schouderlange blonde haar was los toen hij zijn helm afzette, en zijn bleke lippen vormden een glimlach bij het zien van de stad voor hem.

Ze mag dan een buitenlander zijn, Tarantia was de afgelopen jaren een thuis voor haar geworden.

Met het stof van reizen en de hitte van eerdere veldslagen, kenmerkte alleen haar vorstelijke houding haar nobele afkomst, maar toen ze eenmaal terugkwamen, bestond er geen twijfel over dat ze vanwege haar kennis van de adel weer soepel kon bewegen met de noodzakelijke etiquette die iemand zou doen. ideaal als groepsspreker.

Veel meer dan een barbaar als Conan.

In tegenstelling tot Lady Yasimina, die gespierd en zwaar gepantserd was, stond naast Conan Valeria een elfen-tovenares die alleen gewapend was met een dolk in haar riem.

Natuurlijk droeg ze nu reiskleren, maar morgen wist hij zeker dat ze rijke kleren zou dragen die bij haar schoonheid pasten.

Ze was net zo bleek en blond als Yasimina, haar haar was lang en was momenteel in een lange paardenstaart gebonden om de highlights van haar oren te onthullen.

Hij had een groot deel van zijn leven in de bossen van de zuidelijke eilanden gewoond, wat misschien zijn vreemde uitdrukking verklaarde toen de stad naderde.

Maar ze leek, dacht Conan, kalm en ontspannen.

Misschien was dit voor haar als elf slechts het einde van een nieuwe reis, een pauze tussen de reizen, en geen echte terugkeer naar huis.

Zula, de derde van de vrouwen, leek het gelukkigst.

De kleine kobold zat voorover in het zadel van de pony en had zijn ogen op de stad gericht.

Ze had moeite gehad om zichzelf te verzorgen, om zichzelf van haar kleren af te vegen, zelfs voordat ze aankwam, en zelfs nu streek ze haar roodachtige gewaad glad en streek met een hand door haar korte bruine haar.

Hij leek meer thuis te komen dan de anderen, en Conan geloofde dat dat vaak het geval leek te zijn.

Hij wist dat kobolden liefhebbers van familie en thuis waren, en hoewel Zula geen levende familieleden had die hij misschien voor haar kende, was dit haar thuis, de plek waar ze zich het meest op haar gemak voelde.

Ze kwam vast uit de stad zoals hij.

Zoals altijd was Snagg het moeilijkst te lezen.

De dwerg was, net als al zijn familieleden, stil en zijn gezicht vertoonde geen enkele emotie meer.

Zijn wapenrusting was zwaar en gehavend, omdat het de afgelopen weken het zwaarst te verduren had gehad van de gevechten, en zou gewond zijn geraakt of erger als Yasimina's genezende magie er niet was geweest.

De donkere ogen onder de borstelige wenkbrauwen bleven op de straat gericht, verzonken in de gedachten die de dwergen vaak voor zichzelf hielden.

Conan draaide zich om en keek naar Tarantia.

Dit was zijn thuis, waar hij opgroeide en leerde wat hij nu is, lang voordat hij iemand anders ontmoette.

Hij twijfelde er niet aan dat hij blij was om terug te keren.

Hij wist dat ze spoedig weer op zoek zouden gaan naar avontuur, en hij genoot van die momenten.

Maar de stad had veel geneugten die haar onderweg werden ontzegd.

Het was een beschaafde plek, een plek als een heiligdom.

De komende dagen zal er veel te doen zijn.

Hij moest naar de School of Warriors, opnieuw contact maken met zijn vrienden en collega's en zijn opleiding voortzetten.

En mediteer in de tempelkapel, waar hij bad tot de godheid die hem na aan het hart ligt: Muriela, de godin van de liefde.

Bovenal zou ze tijd hebben om te ontspannen, te genieten van de openbare baden, lekker eten en wijn, een praatje te maken op de markten en, als Muriela het ermee eens was, gezelschap te vinden om de nacht door te brengen.

***

Het dorp lag aan de westkant van de stad, niet ver binnen de muur.

Het was een groot gebouw dat eerst werd gekocht en vervolgens werd gerenoveerd met het geld dat ze hadden verdiend met avontuur.

Conan en Zula hadden erop aangedrongen; Ze woonden in herbergen terwijl ze weg waren, maar ze wilden een plek om naar terug te keren, een basis voor operaties die ze echt de hunne konden noemen.

Het heeft even geduurd voordat het gebouw weer in zijn huidige staat was, omdat het bij aankoop in behoorlijk slechte staat verkeerde.

Maar het resultaat was de tijd en de kosten meer dan waard.

Het hoofdgebouw was twee verdiepingen hoog en had, net als vele andere in de stad, een breed plat dak waarop ze zich in de zomer konden verzamelen.

Er waren twee vleugels aan elke kant, waarvan er één de stallen bevatte.

En tussen de vleugels was een brede binnenplaats die afgeschermd was van de rest van de stad.

Het was normaal dat avonturiers op zijn minst een zekere mate van verdediging hadden, zelfs als ze zeker wisten hoe ze op Tarantia moesten zijn.

Yakin sloot de deuren toen het laatste paard het erf betrad.

Hij was een jonge man, bekwaam in zijn werk als administrateur, maar hij was geen avonturier.

Ze hadden hem een jaar geleden ingehuurd en ontdekten dat iemand het huis moest onderhouden terwijl ze in de woestijn waren.

"Heb je het goed gedaan?" Hij vroeg: "Ik zie dat niemand van jullie gewond is, godzijdank!"

Conan glimlachte, steeg af en klopte de jongeman op de rug.

'Ja, we hebben het goed gedaan. We moeten deze schat naar de kluis brengen en hem dan opruimen. We hebben alleen een lichte lunch nodig; geef ze de tijd om verse voorraden binnen te brengen.'

Hij keek naar de anderen om hem heen.

Ook waren ze van hun paarden en pony's afgestegen en hadden ze na de tocht de benen gestrekt.

Yasimina en Valeria kwamen Yakin begroeten, maar Snagg knikte alleen maar in zijn richting en zei niets.

Zula leek bezig te zijn met haar rugzakken op haar paard en keek slechts af en toe in zijn richting.

Misschien dacht ze dat er iets was losgekomen...

Conan duwde de gedachte weg.

'Vanmiddag zullen we je alles vertellen,' zei Yasimina, 'maar ik heb zin in een bad en schone kleren. En 's avonds een goede maaltijd, zou dat kunnen? Zal alles klaar zijn? "

'Ja, vrouwe,' antwoordde Yakin, 'en er is niets belangrijks gebeurd terwijl ik weg was. Ik ben blij te kunnen zeggen dat alles is zoals u het achterliet.'

"Nou, zie je," zei Conan, "ik zou vanavond graag naar een taverne gaan. Geef wat van dit zuurverdiende geld uit en onthoud hoe het is om weer in de stad te zijn! Is er iemand bij me." ""

Snagg knikte en gromde goedkeurend, maar de vrouwen protesteerden.

"Nee, ik denk dat een beetje rust me meer zou aanspreken vandaag," antwoordde Valeria. 'Ik blijf hier vannacht.'

"Hoe dan ook," antwoordde Yasimina, die toen naar het laatste lid van de groep keek dat zich nog niet bij hen had gevoegd. 'En jij, Zula?'

"Oh..." zei de dwerg, alsof ze een beetje verbaasd was, "nee, nee, ik denk dat ik ook hier blijf. Ik, uh, ik denk dat ik echt vroeg naar bed ga. Ik voel me eindelijk behoorlijk moe. Kamperen in tenten deze keer. "

Conan knikte. Het is misschien goed om een nacht bij een ander bedrijf door te brengen nadat je zo lang met hen hebt gereisd.

"Dus alleen jij en ik, Snagg," zei hij en voegde eraan toe, "we zullen proberen niet te luidruchtig te zijn als we terugkomen. Maar eerst hebben we een middag ... en een jonge man om ons te vermaken. Met onze avonturenverhalen. " , hoezo?

***

De Gold Cup Inn was zoals gebruikelijk op dat uur van de nacht vol.

Hoewel de plaats kamers huurde, was het zowel een herberg als een herberg. Toen de schaduwen buiten langer begonnen te worden, kwamen veel van de goede mensen in Tarantia binnen voor een drankje voordat ze naar huis gingen.

De klantenkring was echter over het algemeen respectabel, dus er was weinig kans op ruzie of iets onaangenaams, zoals vaak het geval was in taverna's in andere delen van de stad in minder wenselijke gebieden.

Dit was de reden waarom Conan het leuk vond en ook omdat redelijk rijke bezoekers van buiten de stad hier vaak verbleven, dus het was vroeger ook een goede plek om werk te vinden.

Maar dat was niet de reden waarom hij en Snagg hier vanavond waren gekomen.

Ze hadden op dat moment een behoorlijke klus.

Hij wilde ontspannen en plezier hebben, in ieder geval voor één nacht.

Hij vond een lege tafel en ze gingen allebei zitten en bestelden een drankje.

De serveerster, die niet anders kon dan het op te merken, was knap.

Ze was begin twintig, met schouderlang krullend haar in de kleur van goudgeel zand, bruine ogen en een uitnodigende glimlach.

Zijn witte hemd met korte mouwen was laag uitgesneden en vertoonde een wijde halslijn.

En haar huid was, voor zover ik kon zien, mooi en licht gebruind.

'Je bent nieuw,' zei hij glimlachend toen ze naderbij kwam met een dienblad met drankjes, 'hoe heet je?'

'Livia,' zei hij eenvoudig en schonk haar een glimlach vol mooie witte tanden.

Terwijl hij dat deed, merkte hij dat haar ogen over hem heen gingen en zijn donkere haar en korte baard in beslag namen. Wat hij verwachtte was een redelijk slank, atletisch lichaam van het werk dat hem vaak trainde.

Zijn blik zweefde iets boven haar oren, een beetje puntig, en toonde haar halfelf afkomst.

'Ik werk hier al een paar weken, maar ik heb je nog nooit gezien. Kom je vaak binnen?'

Hij zette een paar kopjes op tafel en wierp een blik op Snagg. Toen wendde hij zich tot Conan toen hij niets interessants leek te zien.

'Mijn naam is Conan,' antwoordde hij, 'en ik woon eigenlijk in de buurt. Maar Snagg en ik zijn de laatste tijd een heel eind weg, hier weg.'

"Een avonturier?" zei ze onder de indruk, 'of misschien een koopman?'

'Allereerst, en ik denk dat ik je veel interessante verhalen kan vertellen als je tijd hebt.'

Snagg sloeg zijn ogen een beetje op bij de opmerking.

Voor een dwerg was zelfs dit zeker een beetje te veel haast.

'Misschien komen er later,' zei Livia, 'andere klanten.'

Nog een snelle glimlach en ze verdween weer in de menigte.

'Nou, mijn vriend,' zei Conan, terwijl hij zich naar zijn avonturier wendde en zijn mok optilde. "Voor onze recente overwinningen!"

En naarmate de nacht vorderde, wisselden ze verhalen uit over hun recente avonturen, en een kleine groep verzamelde zich rond de tafel.

Sommigen van hen wist Conan dat het contacten en vrienden waren die deze taverne ook bezochten, maar anderen waren mensen die hij op zijn best vaag herkende.

Snagg werd humeuriger naarmate hij meer bier dronk, maar de krijger zag geen reden om hem tegen te houden.

Hij sprak meer over vechten en bijna-dood-escapades dan over rijkdom en schatten, en wat heeft het voor zin om een avonturier te zijn als je niet een beetje kunt opscheppen?

Bovendien was zijn aandacht vaak elders.

Toen Snagg een verhaal begon over een strijd tussen de ondoden in de schaduw, wierp Conan een blik op Livia.

Hij had gemerkt dat hij aandacht had besteed aan de verhalen en dat zijn ogen meer op hem dan op de dwerg waren gericht, ongeacht wie er aan het woord was.

Op dat moment boog ze zich echter voorover en vond een mok achter de bar.

Haar groene rok viel tot halverwege de kuit zodat hij weinig van haar benen kon zien, maar haar kont was goed rond.

Ze stelde zich het voor zonder de rok, hoe het zou voelen in de tot een kom gevormde handen...

"En dus...?"

"Hm?" Hij wendde zich tot Snagg, zich ervan bewust dat hij de andere kant op had gekeken en de draad van het gesprek was kwijtgeraakt.

'Vertel ze wat je daarna deed,' vroeg hij de dwerg, 'nadat Yasimina's fles in de put was gevallen.'

Hij gehoorzaamde, keerde terug naar de geschiedenis en vergat even Livia.

Maar toen verscheen ze aan de andere kant van de tafel en veegde onderweg een vlek weg.

Ze leunde opzettelijk naar voren, dacht hij, terwijl hij een duidelijk, onbelemmerd zicht gaf op de bovenkant van haar overhemd en de terpen van haar borsten die boven haar decolleté uittorenden.

Hij schraapte zijn keel, "terug naar jou..." zei hij tegen Snagg.

Livia liet hem weer glimlachen, schoof rond de tafel tot ze naast hem was en trok haar mooie dijbeen tegen zijn hand.

Het kon geen ongeluk zijn geweest, dus duwde hij stiekem zijn hand omhoog en voelde de vorm van haar lichaam door de dikke stof van haar rok, die haar billen licht drukte.

Ze zei niets en iedereen keek op dat moment naar Snagg.

Hij keek naar haar op en zij keek naar het plafond in de richting van de slaapkamers van de herberg en knipoogde naar hem.

Hij knikte zachtjes en toen was ze weg, terug naar de bar en nog een groep gasten.

***

Conan liep door de donkere kamer.

De grotere maan rees naar buiten en wierp zijn zilveren licht over de stad, en een deel ervan viel door het kleine raam.

De middag was voorbij en Snagg was alleen naar de villa teruggekeerd.

Hij leek ermee in het reine te zijn gekomen, niet bijzonder verrast, maar ook niet goedkeurend.

Per slot van rekening aanbaden de dwergen Muriela niet.

Conan was al uitgekleed tot aan zijn middel en zijn sandalen uit. Zijn kleren lagen nu opgevouwen op een stoel in de hoek.

De kamer bevatte alleen een bed en een kleine tafel.

Het was niet een van de meest elegante kamers in de herberg, maar dat maakte niet zoveel uit.

Er was geen spiegel, maar de krijger trok zijn haar toch recht en deed zijn best.

Hij kon haar beneden horen schoonmaken nadat de laatste gasten waren vertrokken of naar hun kamers waren gegaan.

Er werd zacht op de deur geklopt en hij stak snel zijn hand uit om hem te openen.

Livia stond ingelijst in de deuropening en hield in haar ene hand een kaars op een bordje.

Het kaarslicht verlichtte haar gezicht en borst, haar gekrulde haar wierp schaduwen, haar lippen waren licht gescheiden en verwelkomend.

'Ik begon te denken dat je niet zou komen,' zei hij gekscherend, maar het wachten duurde niet te lang.

'Ik maakte geen schijn van kans,' zei ze, en ze liet die glimlach weer zien.

Ze liep snel de kamer in, sloot de deur stevig achter zich en zette de kaars op tafel.

Conan probeerde hem uit te zetten, maar ze greep zijn hand en hield hem in de hare.

Zijn huid was zacht en warm.

'Laat maar zitten,' mompelde Livia, terwijl haar ogen over zijn blote borst gingen en omhoog naar zijn romp.

Plotseling nam ze zijn hoofd met haar vrije hand en trok hem naar zich toe en kuste hem hartstochtelijk.

De kus ging door, hun lippen ontmoetten elkaar.

Conan sloeg zijn armen om haar heen, trok haar bij elkaar en drukte haar weelderige borsten tegen zijn borst, die alleen werd gescheiden door de katoenen stof van haar hemd.

Haar armen om hem heen geslagen, haar handen verkenden zijn rug en lieten een tinteling van verwachting over zijn rug lopen.

Ze zwegen, haalden diep adem en ontmoetten elkaar in de ogen. Toen kusten ze opnieuw, hun tongen in elkaar verstrengeld.

Ten slotte trok ze zich terug en hij keek haar aan en bewonderde de manier waarop haar borst omhoog ging.

Hij reikte naar beneden en trok haar witte overhemd uit, liet zijn handen over haar zij glijden en hief het toen boven haar hoofd terwijl ze haar armen ophief.

Ze glimlachte weer en zei de simpele zin: "Ben ik oké met je?"

Het was een vraag die eigenlijk geen antwoord nodig had; Ze was geweldig.

In plaats van te antwoorden, nam hij haar borsten in zijn handen en streek met zijn vingers over haar huid.

Haar tepels waren groot en roze, ze waren ook hard en puntig als hij zijn duimen streelde.

Hij trok haar naar zich toe en ze kusten elkaar terwijl hij zijn handen door haar haar haalde en de contouren van haar nek tekende.

Hij droeg haar voorzichtig naar het bed, kuste haar om de beurt en raakte haar borsten aan.

Livia zuchtte toen ze op haar rug lag en hij klom op het bed naast haar.

Hij kuste haar kin en daarna haar nek tot aan haar sleutelbeen.

Hij zweeg even, bewonderde de vorm van haar borsten, kantelde toen zijn hoofd naar één en streek met zijn tong over haar tepel.

Ze mompelde iets onhoorbaars maar gelukkigs, en hij ging verder, zachtjes zoog en streek met zijn tong over haar tere huid.

Hij masseerde haar vrije borst en bewoog toen.

Het smaakte goed toen zijn eigen handen zijn arm over zijn schouder streelden en zijn lichaam strak voelden.

Hij keek op en hun ogen ontmoetten elkaar weer.

'Mmm... niet stoppen,' zei ze.

In plaats van te antwoorden, kuste hij de basis van haar borstbeen en ging toen langs haar buik.

Hij dacht weer aan de gladheid van haar huid en de vorm van haar lichaam, goed gevormd maar zonder harde spieren.

Hij greep het lint van haar rok en stond op van het bed om tussen haar benen te gaan staan.

Hij trok haar rok en katoenen slipje van haar heupen en duwde ze over haar benen om haar op de grond te leggen.

Livia deed haar schoenen uit en stond naakt en weerloos voor hem.

Naakt, zagen haar benen er net zo goed uit als hij zich had voorgesteld in de taverne.

Hij streek met zijn handen over haar dijen, trok haar langzaam omhoog en kuste haar heupen vlak naast de stapel schaamhaar.

Haar benen waren uit elkaar gespreid en hij blies zachtjes tussen hen in, de warmte van zijn adem plaagde haar toen hij een druppel vocht tussen hen zag glinsteren in het kaarslicht.

"Oh ja," zuchtte Livia, "ja alsjeblieft..."

Hij liet zijn tong over de gleuf glijden, spreidde toen zijn lippen en tastte naar het warme, uitnodigende vlees van haar kutje.

Livia snakte naar adem van plezier, haar heupen draaiden zich van genot tegen de lakens.

Conan legde zijn handen op haar billen, bleef zuigen en likken en gooide zijn tong tegen haar clit.

Livia kreunde nu zachtjes.

Hij stak zijn hand uit om haar haar te strelen en rende over de puntige omtrek van haar linkeroor.

Hij keek op en zag die prachtige borsten op en neer gaan terwijl zijn ademhaling zwaarder en rustelozer werd.

Hij keerde terug naar zijn werk en stak nu een van zijn vingers in haar kutje terwijl hij haar bleef likken.

Terwijl hij met haar klitje speelde, kreunde ze en bewoog ze een beetje onder hem, dus deed hij het opnieuw, waardoor haar gekreun in hartstochtelijke zuchten veranderde.

Hij stond op en bewonderde opnieuw de schoonheid van het meisje voor hem.

Livia leunde op haar ellebogen, het zweet droop nu van haar gezicht en zette een lok op haar voorhoofd.

Zijn blik dwaalde over haar lichaam terwijl hij weer naast haar op het bed ging zitten.

"Je hebt er echt van genoten"

Hij plaagde haar en kreeg er een kus voor.

Hij stak zijn hand uit om een van haar borsten weer te strelen terwijl zijn hand over haar zij gleed.

Ze trok aan zijn riem, maakte het touwtje met een beetje moeite los en trok het toen over haar dijen.

Hij deed zijn slipje uit en haar hand greep zijn pik, streelde de lengte ervan en streek met haar vinger over de punt, tegen de cocon strijkend.

Hij kuste haar strakste borst weer, zoog en likte haar tepel terwijl zijn eigen hand zijn erectie streelde.

Hij verwonderde zich weer over de zachtheid van haar aanraking, die hem alleen maar tot grotere extase leek te drijven.

Ze wreef zijn pik tegen het natte haar van haar vagina en hij keek op naar haar smekende blik.

Hij draaide haar been en klom bovenop haar. Zijn gewicht drukte op haar borsten.

Ze leidde hem naar binnen terwijl hij diep in haar knusse kutje duwde.

'O goden,' mompelde ze, terwijl ze een arm om zijn nek sloeg en met de andere hand zijn billen vastpakte terwijl ze heen en weer wiegde.

Ze snakten nu naar adem en het plezier steeg in hem toen hij heen en weer in hun lichaam stootte.

Ze kusten elkaar terwijl hij over een van haar borsten wreef, en zij streek met een vinger over de omtrek van zijn oor.

Hij zweeg even, omdat hij niet wilde dat het evenement te vroeg zou eindigen.

Haar bruine ogen waren levendig en sprankelend in het kaarslicht, en haar glimlach was net zo aanstekelijk en gastvrij als altijd.

Hij begon weer te bewegen en voelde haar heupen tegen hem aan drukken. Zijn hand greep haar billen nu steviger vast, haar borsten doorweekt van het zweet terwijl hij haar roze en gezwollen tepels bleef dansen.

Livia gilde toen hij kwam en greep hem toen haar eigen orgasme haar lichaam schudde.

Zelfs Conan had niet verwacht dat zijn eerste nacht vol avontuur zo comfortabel zou zijn...

HOOFDSTUK II
ZULA

Zula sloot de deur van haar kamer achter zich en leunde even tegen de deur, plotseling zenuwachtig.

Hij had zich verontschuldigd voor het gesprek die avond toen Yakin was vertrokken om zijn eigen nachtwerk te doen.

Ze zei dat ze moe was, maar de waarheid was heel anders.

Hij haalde de magische kristallen bol uit zijn zak, hield hem in zijn hand en staarde ernaar met bonzend hart.

Toen hij het vond, begraven in het afval aan de achterkant van een ondergrondse kamer, was hij oorspronkelijk van plan om het aan anderen te overhandigen, net als elk deel van de buit van de groep.

Maar dat was voordat ze besefte hoe nuttig het zou zijn en wat ze er precies mee kon doen ... alleen als anderen niet wisten dat ze het had.

Hij voelde zich schuldig, vooral toen hij zich afvroeg wat zijn echte motief was geweest.

Misschien had hij het hun moeten vertellen en het toen als zijn deel van de buit opeisen.

Het was zoveel makkelijker als ze het niet wisten... maar het zou nog steeds buitengewoon gênant zijn als ze erachter zouden komen.

Maar daarvoor was het te laat.

Hij had de kristallen bol in zijn hand en het had geen zin hem te pakken als hij hem niet wilde gebruiken.

Dat zou de slechtste van de twee mogelijkheden zijn.

Ze ademde om zichzelf te kalmeren, schoof de grendel aan de binnenkant van de deur open, sloot hem en ging naar haar bed.

Hij trok zijn jasje uit, legde het opzij, ging op het bed zitten en trok ook zijn laarzen uit.

Als een kobold hield ze van het comfort en het bed voelde al uitnodigend aan.

Ze ging op de deken liggen, voelde met haar blote tenen aan haar zachte stof en legde haar hoofd laag op het kussen.

Toen voelde ze zich wat meer ontspannen en spreidde het magische bolletje voor zich uit.

Ze wist natuurlijk hoe ze dingen moest aanzetten, nadat ze hem een paar jaar geleden had gezien.

Het waren handige apparaten, maar zeldzaam, en het was gewoon zijn geluk om hem in handen te krijgen.

Hij staarde naar de wereldbol, bracht hem tot leven en drukte hem toen zachtjes tegen een gesloten oog.

Het glas begon te gloeien en er verscheen een wazige lichtschijf voor haar.

Hij opende zijn hand en de bal begon te stijgen, terwijl de ballon nog steeds voor zijn gezicht bleef hangen.

Hij kon vormen zien ontstaan in de schijf: een beeld van zijn donkere ruimte vanuit het perspectief van de kristallen bol, niet zijn eigen ogen.

Een magisch oog, dacht hij.

Nu hoefde hij alleen maar na te denken over waar hij heen ging en hopen dat niemand hem zou zien.

Het was zo klein dat zolang ze voorzichtig was, niemand het zou doen.

Nu kon ze kijken waar ze heen ging zonder dat iemand het wist... en er was een bepaalde plek die ze heel graag wilde zien.

Hij wenste dat het Oog door het open raam naar de eerste verdieping zou zweven, waar het door een andere opening gleed.

De kamer was te smal voor een persoon om binnen te komen vanwege het metalen rooster boven het raam, maar niet voor zoiets kleins als dit oog.

Hij richtte zijn blik op de hoofdkamer waar hij de anderen had achtergelaten en hing die recht boven de deur in de schaduw bij het plafond.

Het huis werd slechts hier en daar verlicht door een paar fakkels, waardoor er veel donkere vlekken achterbleven.

Door de deur kon hij Yasmina en Valeria zien, die zich al leken terug te trekken en blijkbaar besloten hadden dat ze vanavond niets anders konden doen tenzij ze op Conan en Snagg wilden wachten.

Terwijl hij op het juiste moment wachtte, hield hij zijn oog waar het was totdat ze de trap opliepen, en bewoog het hem toen langzaam door de gang naar een van de achterdeuren.

De magische aanblik van de plek was buitengewoon, bijna alsof ze er zelf stond, of liever in de lucht zweefde, recht onder het plafond.

Details waren zo scherp als je eigen gezichtsveld en hadden bijna hetzelfde gezichtsveld.

Maar het was maar goed dat ze in een donkere kamer was, want de schaduwen op de ruit voor haar zouden alles hebben verduisterd als ze zelf in het licht had gestaan.

Bijna onmiddellijk nadat hij de achterste gang was binnengegaan, zag hij zijn doelwit: yakin.

Yakin was natuurlijk een mens, en dat was de tragedie.

Hij was een knappe jongen, een paar jaar jonger dan zij, maar oud genoeg om haar type te zijn en volwassen genoeg om haar te interesseren.

Hij zou een goede elf zijn geweest met zijn uiterlijk, zijn lichtbruine haar en zijn rechte neus.

Maar dat was het niet, wat betekende dat er altijd een kloof tussen hen zou zijn.

Mensen vermengden zich vaak met elven - Conan was hiervan het levende bewijs, maar nooit elven.

Het verschil in grootte was een te grote belemmering voor haar waarneming en, als ze eerlijk was, dat gold ook voor de meeste goblins.

Ze was één meter twee centimeter, heel redelijk voor een kaboutervrouw, maar tegen een persoon als Yakin... nou, als ze eerlijk moest zijn, het probleem was wat ze in haar kruis had, dat te groot voor haar was.

Het was jammer, het was echt.

Was er maar een manier om hem terug te brengen tot haar lengte, zodat hij haar als een normale vrouw kon nemen.

Het was niet zo dat ze er anders uitzag als een meisje; Ze maakte haar borsten en heupen net zo mooi als elke menselijke vrouw.

De dwergen waren anders, met hun dikke bouw en onvolgroeide ledematen; Zelfs als een mens zo groot was als een dwerg, dacht hij, zou het onwaarschijnlijk zijn om een aantrekkelijke te vinden.

En als ze een dwerg was, zou ze waarschijnlijk niets in Yakin zien.

Maar dat was hij niet en de waarheid was dat hij een aantrekkelijke jongeman was en altijd attent en behulpzaam.

Hoe vaak had ze in hetzelfde bed gelegen en aan hem gedacht?

Hoe vaak had ze zich de afgelopen dagen zijn gezicht voorgesteld en gewacht tot ze weer bij hem in de buurt kon zijn?

Hoe vaak had ze niet van hem gedroomd en zich voorgesteld dat hij op de een of andere manier tot haar grootte was verkleind, en wat zouden ze samen kunnen doen als hij het was?

Maar dat wilde ze vanavond niet doen; Ze wilde alleen maar naar hem kijken en wist dat het verschrikkelijk ongemakkelijk zou zijn als hij wist wat ze voelde.

Omdat hij een mens was en nooit haar gevoelens, haar wensen kon beantwoorden.

Dus ging ze op het bed liggen en keek toe hoe hij de luiken sloot, de fakkels doofde en de villa klaarmaakte voor de nacht.

Ze realiseerde zich dat ze, nadat ze naar bed was gegaan met de luiken dicht, terug naar beneden moest gaan en het raam moest openen om haar blik weer op haar kamer te richten.

Maar voorlopig was ze blij hem te zien.

Na een tijdje, schijnbaar tevreden met zijn plichten gedurende de nacht, liep Yakin door een zijdeur.

Zula realiseerde zich meteen dat het niet de weg naar hun kamers was.

Ze realiseerde zich zelfs dat haar hart een sprongetje maakte bij de gedachte dat het de badkamerdeur was!

De stad Tarantia is gebouwd op warmwaterbronnen, een deel van de reden van haar bestaan.

De villa had, zoals velen in de hele stad, een eigen badkamer, die gevuld was met natuurlijk warm water.

Ze had het zelf al een keer eerder gebruikt om reisvuil en stof te verwijderen, haar eerste echte bad in meer dan een maand.

Kort daarvoor vergat ze onbewust haar vastberadenheid, legde haar linkerhand op zijn borst en haalde die door de roodachtige stof van zijn gewaad.

Haar tepels werden hard bij aanraking.

Was Yakin er alleen om iets te repareren, of...?

Ze keek door de deur achter hem en gooide hem tegen het plafond.

Yakin draaide zich plotseling om, keek om zich heen en liep toen de deur uit.

Had hij het oog gezien?

Heeft hij het te snel verplaatst?

Zula was nu verlamd en durfde niet te bewegen, alsof hij haar op de een of andere manier kon zien, en niet een zwevende kristallen bol.

Maar de jongere schudde zijn hoofd, leek niets te zien, ging de kamer weer in en deed de deur achter zich dicht.

Het was strak geweest, maar het leek alsof ze erin was geslaagd haar blik uit zijn ogen te houden.

Nu durfde hij het echter niet te verplaatsen van zijn huidige locatie bij het plafond, weg van de twee lampen die de kamer verlichtten.

Ze kon zijn vermoedens niet opnieuw riskeren.

Yakin haalde een van de handdoeken tevoorschijn en legde die bij de badkamer.

Ze besefte dat hij echt ging baden en haar oorspronkelijke plan verdween volledig uit haar gedachten.

Ze wilde hem gewoon aan het werk zien tot hij het licht uitdeed en het huis in duisternis doofde, maar nu was het anders.

Hij wreef opnieuw over zijn borst met zijn linkerhand, verfrommelde de stof erover, en voelde de spanning toen hij zijn andere hand op de binnenkant van haar dijbeen legde en het zachte leer van haar riemen tegen zijn vlees drukte.

Ze ademde in, zuchtte verwachtingsvol en opende haar ogen.

Yakin deed zijn tuniek uit en bukte zich om zijn schoenen uit te trekken.

Ondanks alles wat ze had geprobeerd, had ze hem nog nooit in een staat van gedeeltelijke naaktheid gezien.

Hij realiseerde zich dat hij niet eens echt wist hoe een naakte menselijke man eruit zag.

Hoeveel zouden ze op kobolden lijken?

Afgaande op wat hij tot nu toe had gezien, was er geen verschil.

Yakin was redelijk goed gebouwd, zijn blanke huid onberispelijk en glad, een lichte laag haar op zijn bovenborst, maar heel weinig.

Zijn lichaamsbouw was precies zoals ze zich altijd had voorgesteld, getrimd maar niet overdreven gespierd, zijn buik plat.

Ze keek naar haar middel terwijl ze begon te friemelen aan de veters die haar eigen outfit vasthielden.

En toen draaide Yakin zich om.

Het was niet zijn rug die ze wilde zien, maar nu was zijn rug naar haar toe en legde voorzichtig zijn schoenen en tuniek op de bank voor hem.

Ze durfde haar oog niet te bewegen om hem beter te zien en staarde hem alleen maar aan, niet in staat iets aan haar situatie te doen.

Met een zachte beweging trok Yakin haar lange kousen uit en trok toen de katoenen short die ze eronder droeg naar beneden.

Haar billen waren stevig, mooi gevormd, precies zoals ze het leuk vond.

Maar ze wilde meer zien.

Waarom duurde het zo lang?

Met een gefrustreerd gegrom reikte hij met zijn linkerhand naar beneden, scheidde zijn gewaad, reikte naar binnen en kneep in zijn blote tepel.

De knopen in de veters werden losser en ze liet haar andere hand in haar slipje glijden, haar vingers over haar schaamhaar en langs de spleet tussen haar benen.

Haar kut deed pijn van de behoefte, maar ze dwong zichzelf te stoppen en verwonderde zich in stilte.

Moest hij echt?

Ja.

Hij wilde het zeker.

Yakin draaide zich om naar de badkamer en stond er naakt voor, met het interessante uitzicht op alles.

Op dat moment realiseerde hij zich dat hij niet eens had nagedacht over welke van de twee mogelijkheden hij echt de echte wilde zijn.

Had hij verwacht dat zijn penis in andere opzichten zo groot zou zijn als een kobold, ondanks de grootte van de mens, die hem hoop gaf, zij het ver weg, in de hoop dat hij hem op een dag tussen haar dijen zou kunnen plaatsen?

Of had hij stiekem in een donker hoekje van zijn geest gehoopt dat mensen in alle opzichten in verhouding zouden staan tot kobolden en dat zijn staart net zo groot en krachtig zou zijn als de rest van hem?

Het was nu heel duidelijk dat de laatste optie de echte was.

Ze had nog nooit een naakte mens gezien, maar ze had wel naakte kobolden gezien, en in al zijn proporties zag Yakin er zeker zo uit.

Hoe groot betekende dat voor zijn penis, vooral wanneer hij volledig rechtop stond?

Nu stond het niet rechtop en leek het enorm. Hoe groot zou het zijn als het volledig rechtop zou staan?

In hoeverre had dit haar hoop om hem te bezitten de grond ingeslagen?

Op dit moment kon het haar niets schelen.

Met haar linkerhand streelde ze haar borst en stak een vinger tussen haar schaamlippen.

Het was erg nat, heet en deed pijn van zijn aanraking.

Ze moest zich losmaken en dat had ze snel nodig.

Zijn vinger streelde haar klit en ze onderdrukte een kreun terwijl ze een plotselinge golf van genot ervoer.

Ze had hem zo hard nodig dat het pijn deed.

Ja, ze had al vaker gemasturbeerd en aan yakin gedacht, maar zo was het nog nooit geweest.

De foto van hem naakt in de badkamer was er een die ze zich zeker voor altijd zou herinneren.

Het leek een eeuwigheid, maar het duurde niet lang voordat hij in het warme water van het bad gleed.

Nu op zoek naar de geurige zeep en puimsteen die ze die avond zelf had gebruikt.

Het water was schoon en helder en gaf hem een glimp van zijn hele lichaam, vervormd door de golven, maar meer dan genoeg om zijn fantasieën te voeden.

Ze duwde haar vinger in en uit haar kutje, vond een ritme en voelde de gladde natheid van haar seks.

Toen keek ze weer naar het voorwerp van haar genegenheid, deed iets wat ze nog nooit eerder had gedaan en kneep in haar tweede vinger.

Hij begon te pompen, hamerde harder, zijn adem stokte, hij trok met de andere hand aan haar tepel en draaide die tussen duim en wijsvinger.

Ze wilde Yakin zo graag, maar dat was alles wat ze kon doen om hem het gevoel te geven dat hij haar bed binnendrong.

Zijn vingers werkten hard terwijl hij haar dieper dwong, zich voorstellend dat deze enorme, volledig rechtopstaande lul haar gretige kutje binnendrong.

Stel je de stevige billen voor die met toenemende kracht in haar kloppen.

Hij stak een derde vinger in haar wellustige passie en merkte dat die vastzat, bijna pijnlijk.

'Ik zou een grapje kunnen maken, ik weet dat ik het kan...' hijgde hij, plotseling beseffend dat hij hardop had gesproken.

Toen bereikte zijn hoogtepunt hem en ze boog zich over het bed, haar kleine lichaam stuiptrekkend terwijl golven van orgasmen over haar heen stortten, adembenemend in hun wreedheid en zelfs haar verblindend voor de naakte man in de lens voor haar.

HOOFDSTUK III
CASSANDRA

De leren laarzen met zachte zolen maakten weinig geluid toen de donkere figuur met capuchon door een donkere zijstraat liep.

De huizen in de buurt waren groot, enkele van de meest weelderige op Tarantia, en veel ervan werden op dit uur van de nacht van binnenuit verlicht door lantaarns.

Zelfs als het buiten niet donker was geweest, zouden er weinig gelaatstrekken van de figuur verborgen zijn geweest onder de lange mantel met capuchon.

De gedaante keek om zich heen om er zeker van te zijn dat niemand keek, maar de straat was verlaten.

Hij liep naar de achterdeur van een van de huizen en klopte zachtjes.

Na een lange pauze ging de deur een beetje open en een menselijk gezicht tuurde naar buiten.

Schijnbaar tevreden met de identiteit van de bezoeker, opende de man de deur verder en de gestalte verdween erin.

Het interieur was somber en alleen verlicht door de kroonluchter die de bediende vasthield.

Cassandra trok de kap van haar mantel naar achteren en onthulde een mooi maar serieus gezicht met een bleke huid en schouderlang bruin haar.

Zijn afkomst was echter onmiddellijk duidelijk, evenals misschien zijn reden om zich te verbergen.

Alleen onder haar haar bevonden zich de toppen van twee kleine zwarte horens, en haar ogen glinsterden in het kaarslicht als twee donkere granaten, een absoluut onnatuurlijke roodachtige tint.

'Ik zal uwe heerschappij van uw aanwezigheid op de hoogte stellen,' zei de man, die blijkbaar op geen enkele manier reageerde op zijn onthullende verschijning, 'en wacht alstublieft hier.'

Dat gezegd hebbende, ging hij weg, pakte de kaars op en dompelde de kamer onder in bijna totale duisternis.

Het maakte Cassandra niet uit, hoewel ze geen idee had of de man het had gemerkt of niet.

Ze was een halve demon wiens bloed bezoedeld was door de duisternis van de hel zelf.

De meeste van haar voorouders waren natuurlijk mensen geweest, maar een van haar betovergrootmoeders was begonnen aan een nacht van ongebreidelde losbandigheid met een demon en had haar overgrootvader in de steek gelaten.

Hij kende de exacte details niet, laat staan hoe zijn hels aangeraakte geslacht zich over generaties had verspreid, maar de helse vlek op zijn bloed gaf hem een aantal voordelen ten opzichte van meer alledaagse mensen.

Een daarvan was het grote vermogen om in het donker te zien, wat zelfs in tegenspraak zou zijn met de visie van een kat.

Hij concludeerde dat dit een wachtkamer voor bezoekers was waar hij niet besefte dat de eigenaar van het huis wilde dat anderen het zouden zien toen ze aankwamen.

Waarschijnlijk dealers, maar sommigen vinden haar ook leuk.

De kamer had weinig decoratie en slechts één raam dat goed gesloten was.

Hier stonden een paar stoelen, beide functioneel maar niet duur genoeg om echt in huis te passen.

Het enige vleugje persoonlijkheid was in de gang daarachter, staande op een kleine sokkel.

Het was een in brons gegoten beeldje van een sater met een ongelooflijk grote fallus, die een kleine nimf neukte.

De mond van de nimf stond open en schreeuwde, maar het beeldje was te dubbelzinnig om te zeggen of de beeldhouwer het bedoeld had voor plezier of pijn.

Wat, vermoedde ze, nogal opzettelijk was.

Het leek in ieder geval een vreemd iets om in de gang te hebben.

De man kwam terug na een wachttijd die zeker betekende dat ze haar op haar plaats moest zetten, maar niet lang genoeg om zich echt ongemakkelijk te voelen.

'Zijne lordschap zal u nu zien,' zei hij, en hij gebaarde haar te volgen.

Hij ging voorop door een gang die, afgezien van de plint en zijn figuur, sterk leek op die van een ander duur en weelderig huis.

Hij vroeg zich af of het bronzen beeld daar voor zijn eigen voordeel was geplaatst, en zo ja, welke boodschap zou het moeten dragen?

Misschien wilde hij haar alleen maar onzeker maken, maar als dat zo was, had hij gefaald.

Er zou meer nodig zijn om een halve demon te verrassen.

Ten slotte kwamen ze bij een dubbele houten deur met een abstract bas-reliëf, die de man opende om een lichtere kamer aan te duiden.

Hij gebaarde dat ze binnen moest komen, en toen ze dat deed, boog ze zwijgend voor de bewoner van de kamer voordat ze een stap achteruit deed en de deur sloot.

Zijn heerschappij was duidelijk een pervert.

De wandtapijten hingen aan drie van de vier muren van de kamer en verborg eventuele andere deuren of ramen.

De enige kale muur was die met de deur die ze zojuist waren binnengegaan en met gloeiende lantaarns met kroonluchters die de kamer verlichtten.

Daarnaast waren er twee stoelen en een kleine tafel met een fles wijn en een glas.

Als je in de lege stoel zou zitten, zou de tafel onbereikbaar zijn, maar belangrijker nog, alleen de drie wandtapijten zouden zichtbaar zijn.

En of de figuur in de gang haar ongemakkelijk moest maken of niet, de wandtapijten deden dat zeker.

Binnen elk was een nachtelijke tuin vol naakte lichamen omringd door grafische en expliciete seksuele handelingen.

Ze varieerden van gepassioneerd tot bizar en zelfs brutaal.

Naast mensen en elfen leken beesten en halfdemonen een prominente rol te spelen, en veel van de paren waren van hetzelfde geslacht.

Dit had niets te maken met de reden waarom ze hier was uitgenodigd, en uit voorzorg begon haar geest ontsnappingstactieken te formuleren.

Lady Gedren zat in de grootste van de twee tronenachtige stoelen, bekleed met rode stof.

'Goedenavond,' zei ze met een zijdezachte stem, 'ga zitten.'

Cassandra had haar huiswerk al gedaan voordat ze bij de vrouw voor haar kwam.

Lady Taramis Gedren werd zelden gezien in de sociale kringen van de plaatselijke adel, en niet zonder reden: ze was een donkere elf.

Voor zover Cassandra kon zien, was ze om de een of andere reden uit haar eigen samenleving verbannen en had ze zich hier gevestigd om haar fortuin op te bouwen door middel van commercieel en magisch werk.

De titel "dame" was pure overlast, een overblijfsel uit haar super exclusieve opvoeding.

Hij zat in de lege stoel en keek naar de donkere elf.

Op de linkerschouder van zijn heer stond een afbeelding van een elf die stikte in de stijve staart van een MinoSnagg, en op de andere een afbeelding van een menselijke man die aan een boom geketend was terwijl een mannelijke donkere elf hem sodomiseerde.

Blijkbaar, te oordelen naar het gedrag van de man, was dit iets waar hij enorm van genoot, ondanks de kettingen.

Cassandra negeerde beide beelden en hield haar blik op de vrouw voor haar gericht.

'Ik heb gehoord dat u braaf bent,' zei Hare lordschap.

De halve demon zei niets: gezien de omstandigheden was de zin nogal dubbelzinnig.

'Om dingen te bewaren zonder medeweten van hun eigenaar,' voegde de donkere elf er na een korte pauze aan toe, 'om het terrein te betreden waar anderen liever niet worden ontheiligd. Is dat waar?'

'Ja,' antwoordde Cassandra, een simpele constatering van een feit.

Gedren wist het al, anders zou ze hier niet zijn.

De donkere elf knikte en hield haar uitdrukking hooghartig.

Haar jurk, als je het zo zou kunnen noemen, was gemaakt van een donkerpaarse stof, maar Cassandra vermoedde dat de maker geen eenvoudige kleermaker kon zijn.

Het topje bestond uit twee stukken van de onbepaalde donkerpaarse stof die over de borsten van Dren waren gespannen, samen met een gouden gesp met een enkele robijn op haar wijde halslijn en zwarte stroken stof om haar rug en over haar schouders. .

Ze droeg ook een mantel van fijn, zijdeachtig zwart materiaal dat een choker om haar nek vormde, maar die naar achteren werd geduwd om het sensuele en erotische ensemble van de rest van het lichaam beter te onthullen.

Zilveren armbanden sierden haar blote armen, terwijl zwarte gewatteerde stukken haar armen bedekten in de vorm van harnassen, maar ze waren duidelijk decoratief en niet praktisch.

Zijn huid was gitzwart, glad en onberispelijk.

Haar buik was kaal, dun en rond, alleen versierd met een gouden filigrane ketting direct onder haar navel die een kleine hangende edelsteen vasthield.

Daaronder was het tweede deel van haar jurk, twee brede stroken van dezelfde donkerpaarse stof die tussen haar benen waren gewikkeld en tot het midden van haar kuiten reikten.

Ze werden vergezeld door twee andere zwarte banden, een over haar blote heupen en de andere over haar dijen.

Het leek bijna op een hemd, maar toch waren haar benen bijna bloot.

'Ik heb een baan die iemand met jouw bijzondere talenten nodig heeft,' zei Lady Gedren, 'het spreekt voor zich dat je discretie absoluut noodzakelijk is.'

"Je zult weten dat stilte gegarandeerd is met mijn werk," antwoordde de demon.

Gedren zou het al hebben gecontroleerd.

Het was te verwachten in deze business.

"Perfect." antwoordde de donkere elf met een licht verleidelijke glimlach op haar gezicht.

Haar haar was spierwit als sneeuw, samengebonden in een lange paardenstaart, met losse franjes die haar gezicht omlijstten.

Zijn ogen waren helder amberkleurig, maar zo koud als ijs.

Ze leek niet het type vrouw met wie je je pad wilde kruisen, maar Cassandra had in haar leven met veel van dit soort mensen te maken gehad en er waren maar weinig mensen die haar nu konden intimideren.

Gedren sloeg lui haar benen over elkaar en toonde de gladde zwarte spreiding van een blote dij en, waarschijnlijk expres, een flits van haar dieppaarse slipje.

Cassandra moest toegeven dat haar hele benadering nieuw voor haar was.

Als iemand indruk op hen wilde maken met hoe krachtig en angstaanjagend ze waren, gebruikten ze meestal de impliciete dreiging van geweld.

Dit was de eerste keer dat iemand hen probeerde te ontmoedigen door middel van seksualiteit.

Maar ze was vastbesloten dat het niet beter zou werken dan welke andere aanpak dan ook.

En het was niet alleen door het gebruik van versieringen en het blootleggen van kleding dat Gedren haar een ongemakkelijk gevoel probeerde te geven.

Zelfs in de korte tijd dat ze in de kamer was, waren de ogen van de donkere elf verschillende keren over haar lichaam gegaan.

Cassandra droeg leren kleding die elke centimeter van haar huid bedekte, behalve haar hoofd, maar het leed geen twijfel dat hij ze mentaal aan het uitkleden was.

Als halfdemon was het een ongewone ervaring, en het leek er niet op dat Gedren zijn wens deed alsof.

Als de wandtapijten een gids waren, was hun smaak nogal ongebruikelijk en gevarieerd, maar helaas, voor de donkere elf, was Cassandra niet van plan om dit nu met een andere vrouw te doen.

'Er zijn een paar mensen die onlangs naar deze stad zijn teruggekeerd,' vervolgde Lady Gedren.

"Ze zijn het soort mensen dat de neiging heeft om diep de ondergrondse ruïnes in te gaan op zoek naar goud en schatten. Ik weet zeker dat je het soort mensen kent waarover ik je vertel. Het zijn experts en ervaren zoals iedereen die al lang overleven. in avonturen. "

Cassandra knikte, maar wachtte tot Lady Gedren klaar was met wat ze te zeggen had.

"En je hebt iets gekregen, iets dat je voor mij zou moeten krijgen ...".

HOOFDSTUK IV
VALERIA

Valeria klom de trap op aan de achterkant van de cartografie- en kaartenwinkel.

Onna, de eigenaar van de winkel, was iemand die hij lang geleden kende.

Hij had vaak interessante documenten of kaarten verstrekt voor de reis die hen op dramatische avonturen in de Northlands had geleid.

De laatste kaart in zijn soort was bijzonder nuttig geweest, en ze verdiende het te weten wat de uitkomst van dat avontuur was, en dus kwam Valeria kort na haar terugkeer dichterbij.

Ze klopte op de deur van Onna's appartement boven de winkel en werd korte tijd later beloond toen de eigenaar de deur opendeed.

Valeria zag dat de vrouw goed gekleed was en een rijkblauwe mouwloze jurk droeg, met een lange rok aan de zijkant om te pronken met een smal been en enkellange laarzen.

Een brede riem trok haar middel samen en accentueerde haar figuur. De jurk zelf had een ruitvormige halslijn tussen de borsten met bandjes over de blote schouders, aan de hals waarvan een amberkleurige ketting hing.

Valeria merkte dit allemaal op en realiseerde zich meteen dat het waarschijnlijk niet de vrijetijdskleding van haar vriendin was.

"Heb ik je onderbroken?" Ze vroeg: "Ik kan morgen altijd terugkomen."

Onna keek even verward en toen keek ze op zichzelf neer en volgde de ogen van de elf.

'O, niets dat niet kan worden verplaatst,' zei ze, een beetje blozend. 'Ik was gewoon... nee, het is niets. Kom binnen.'

'Als je het zeker weet,' antwoordde Valeria en ging naar binnen.

Ze was hier eerder geweest, maar niet vaak.

Ze waren over het algemeen te zien in de winkel.

Onna bewaarde de beste en meest waardevolle documenten hier waar ze het veiligst waren.

Nadat ze erachter was gekomen dat Valeria's klanten goed betaalden voor dergelijke informatie, hadden die documenten haar waardevolle klanten opgeleverd en werden ze vrienden, en ze was een van de weinige mensen die toegang had tot haar innerlijke heiligdom.

Een lange gestoffeerde bank stond in het midden van de kamer, op een rijk blauw-wit tapijt voor een sierlijke open haard, die in deze tijd van het jaar niet verlicht was.

Antieke vazen en kunstvoorwerpen sierden de kamer en toonden de passie van de vrouw voor dingen uit het verleden.

Achter in de kamer stond een bureau met verschillende stukken perkament die Onna blijkbaar aan het bestuderen was.

'Ik wilde je laten weten hoe je laatste verkoop is verlopen,' legde de elfenvrouw uit, 'het was erg winstgevend voor ons.'

'Ja, ik hoorde dat je terug was,' zei Onna, 'het nieuws verspreidt zich snel. Conan en Snagg waren pas twee nachten geleden bij de Gold Cup en de halve stad weet het al.'

Valeria knikte met een glimlach.

Conan was pas de volgende ochtend teruggekomen, wat bijna ongebruikelijk was, en zelfs Snagg was te laat geweest.

Ongetwijfeld hadden ze hun tijd besteed aan het behagen van iedereen die maar wilde luisteren.

'Dus je kent het verhaal al?' vroeg ze een beetje teleurgesteld.

'Alleen het verhaal vaag; je moet het voor mij invullen. Maar daarvoor heb ik andere zaken voor je. Ik kwam een document tegen waarvan ik denk dat je het heel interessant zult vinden.'

'We zijn nog niet van plan om uit te gaan,' waarschuwde Valeria hem, 'maar dat is geen reden om niet te kijken, daar ben ik het mee eens.'

Als het document nuttig zou zijn, zou het beter zijn om het nu te kopen dan te riskeren dat het aan andere avonturiers wordt verkocht voordat ze het kunnen krijgen.

Hij volgde Onna naar het bureau en keek nieuwsgierig naar de stukjes perkament die voor hem lagen.

'Dit is het enige exemplaar dat er is,' zei Onna, terwijl ze een prop oudere boekrollen omhooghield. "Het gaat eigenlijk over deze stad, hier. Een oud document dat toevallig in mijn handen kwam. Het lijkt een verslag te zijn van een paar avonturiers uit vervlogen tijden. Ze hebben iets gevonden onder de stad, in de oude bronnen, denk ik. Kijk „Er zijn hier enkele kaarten die vrij grof zijn, ik weet het, maar ze lijken te verwijzen naar iets gevaarlijks."

'Niets gevaarlijk genoeg om de stad een eeuw of zo te vernietigen, toch?' De elf antwoordde met een glimlach.

Onna glimlachte als antwoord, een flits van witte tanden.

'Nee, ik denk het niet. Maar het is toch interessant, nietwaar? En hier, dus je hoeft nergens heen om het te onderzoeken. Ik denk dat het de moeite waard is om te lezen.'

Valeria knikte. "Ik ben geïnteresseerd. Over de prijs kunnen we later praten."

Natuurlijk ... maar er is nog een laatste ding. Iets waar ik je hulp bij nodig heb Ik kwam onlangs een ander document tegen. Er is geen reden om aan te nemen dat het van bijzonder belang is voor avonturiers ... maar het is een archaïsch elfendialect dat moeilijk te vertalen is. Om eerlijk te zijn kom ik niet te ver; Er zijn te veel onbekende woorden voor mij. Als je het kunt zien en me een idee kunt geven of het de moeite waard is om verder te onderzoeken wat er is ... kan ik je hier misschien korting op geven ", klopte ze zachtjes op de stapel kaarten.

"Natuurlijk, waarom niet? Laat me eens kijken en ik zal zien wat ik je kan vertellen."

Onna gaf hem een paar vellen perkament die niet zo oud leken als de andere.

Ja, het dialect was erg archaïsch en moet verschillende keren zijn gekopieerd, maar het schrift was duidelijk Elven.

Hij hield haar even in de gaten, onderdrukte toen een lach en legde zijn hand voor zijn mond om zijn geamuseerdheid te verbergen.

"Het spijt me," zei hij, "niet helemaal wat je denkt. Het is niet echt archaïsch ... integendeel, als het al iets is. Maar nee, ik kan zien dat veel van die woorden niet zijn wat je normaal zou zijn vinden in je werk." En de stijl is... het is ook niet echt een stijl die ik ken. "

Onna fronste en keek verward.

Zijn mondhoeken trilden uit sympathie voor het amusement van de elf, maar hij wist niet waar de grap over ging.

"Dus wat is het? Is het niet waardevol? Zeg me dat het niet alleen een boodschappenlijstje is of zoiets!"

"Nee dat is het niet." Valeria vond het moeilijk om niet te glimlachen.

Het was echt niet de schuld van haar vriend dat ze dit tegenkwam.

'En ik veronderstel dat het iets waard kan zijn voor de juiste koper. Het is gewoon... nou ja, misschien moet ik je een beetje lezen, zodat je weet waar ik het over heb.'

***

De geur van rozen hing in de lucht, het licht kleurde de groene bladeren als een vleugje zonlicht op borrelend water.

De Elven Maiden wachtte op de zegen van de opname die een nieuwe dageraad zou inluiden. Haar hart zong een oude maar nieuwe melodie, een belofte van vruchtbaar ontwaken.

De adem van haar minnaar, zo zacht als de zomerregen op haar gezicht, haar kus, de belofte van een onbekende toekomst.

De aanraking van een vlinder zou net zo zoet zijn alsof het elfenmeisje de grote, heldere ballen van de borsten van haar geliefde minnaar op haar tong zou brengen ...

***

"Sorry, ik kan gewoon niet verder!" Zei Valeria nu hardop lachend.

"Maar ik denk dat je de situatie begrijpt. Dit ... dat is eigenlijk elfenpornografie. En de stijl is waarschijnlijk overdreven, zelfs als het in de gewone taal lijkt te zijn vertaald. Poëtische toespelingen enzovoort ... mensen lezen dit maar niet, ik denk niet dat het deel uitmaakt van haar gebruikelijke lezing. Ze wil me geen expert maken in deze lezingen.'

Onna had blijkbaar een heel andere reactie.

Ze zag er nerveuzer uit dan wat dan ook, haar ogen wijd opengesperd, hoewel haar mond nog steeds in een halve glimlach stond, alsof ze in ieder geval de grappige kant kon zien.

Hij deed zijn mond open alsof hij iets wilde zeggen, maar ze leek er beter over na te denken.

"Ja?" Zei Valeria met meer vriendelijkheid, hoewel ze nog steeds een glimlach op haar gezicht had.

'Maar... eh... ik bedoel, het elfenmeisje in de... eh, zei je niet 'van haar minnaar'...' Ze liet de zin onvolledig en begon een beetje te blozen.

De elf herkende onmiddellijk de bron van de verwarring van haar vriend.

Mensen waren een beetje traag met deze dingen.

"Ja," zei ze, nu wat serieuzer kijkend, "de minnares van de 'Elven Maiden' is een andere vrouw. Zonder verder te lezen is het moeilijk zeker te zijn, maar er lijkt geen man bij betrokken te zijn bijzonder verhaal."

'Is dat... is dat gebruikelijk?'

Onna's ogen waren nog steeds groot en nu greep ze met één hand de zijkant van het bureau, een golf van emotie flitste door haar gezicht.

Ze schaamde zich duidelijk om meer te vragen, maar tegelijkertijd was ze nieuwsgierig en wilde ze het antwoord.

'Tussen de elven? Ja, dat is zo.'

Een direct antwoord leek de beste manier om het probleem aan te pakken.

De menselijke vrouw was in ieder geval niet bang geweest of had negatief gereageerd.

Daar verdiende ze tenminste een duidelijke uitleg voor... maar Valeria wist nog steeds niet waar de vragen heen gingen.

"Kijk, elven zijn eigenlijk vrije mensen. Seks is een andere ervaring die we genieten als onderdeel van onze liefde voor de natuur. We binden ze niet aan strikte regels en voorschriften. En die vrijheid strekt zich uit tot het geslacht van onze partner of metgezel, zoals veel als iets anders. En het zijn niet alleen vrouwen; Elfenmannen hebben vaak hechte relaties met elkaar op een manier die de meeste mannen niet hebben. Voor ons is het allemaal echt een onderdeel van het leven. "

'Dus...' Ze leek niet zeker te weten hoe ze de volgende woorden eruit moest krijgen.

Zijn blauwe ogen waren op Valerias gericht en ze slikte haar nervositeit een beetje in.

Plots was het voor de elf vrij duidelijk waar dit allemaal heen ging.

En nu zou hij het niet erg vinden als Onna die vraag maar mocht stellen.

"Dus ...", vervolgde de kaartaanbieder, "echt ...?"

'Zou je met een andere vrouw naar bed willen?'

Ze wist zeker dat ze dat nu wilde vragen, en wilde gewoon de menselijke reactie zien.

"Ja, dat zou ik doen. Er is niets mis met een man... zoals ik al zei, we zijn vrij met onze genegenheden. Maar toch gaat er niets boven het gevoel van een vrouw; ze weten altijd waar ze moeten aanraken. En dat. Het lijkt echt goddelijk voor mij."

Hij deed een stap naar voren zodat ze maar een paar centimeter van elkaar verwijderd waren, maar Onna bewoog niet en zijn ogen hadden Valerias nog steeds niet verlaten.

Hij likte zijn lippen om ze te bevochtigen.

Valeria zag de roze tong van haar vriendin over haar lippen glijden.

Onna's borst ging nu op en neer, duidelijk zichtbaar door de laag uitgesneden jurk.

De elf vroeg zich nu af of de jurk, hoe aantrekkelijk die ook was, voor haar was gemaakt.

Onna zou geweten hebben dat ze zou komen... maar dat had ze duidelijk niet verwacht; Zijn verwarring bij het horen van de passage die hij had gelezen, was heel duidelijk geweest.

Misschien had ze het in een diep deel van haar geest gewild, maar begreep ze het tot nu toe niet echt.

Toen de gelegenheid zich zo duidelijk mogelijk aandiende, was ze in de war.

Onna haalde nog een keer adem en vroeg toen met een stem die bijna trilde en zelfs op deze korte afstand nauwelijks hoorbaar was: 'Kun je het me leren?'

In plaats van te antwoorden, leunde Valeria naar voren, streelde de kaartoperator over de wang en kuste haar op de lippen.

Het was een gemakkelijk contact, maar Onna trok zich even terug en was niet zeker.

Maar slechts heel even was het Onna die de volgende stap zette en als antwoord de Elfentovenares kuste, en deze keer met meer vertrouwen dan voorheen.

Hun lippen gingen uiteen en hun tongen vouwden zich toen Valeria haar lichaam tegen dat van haar vriendin drukte en de vorm van haar borsten door haar kleren heen voelde.

Hij leunde achterover, tuurde in Onna's gezicht, keek in haar blauwe ogen en voelde de innerlijke behoefte die niet door haar woorden werd uitgedrukt, dat hij zo'n grote moeite had om het te verwoorden.

Haar zanderige haar was naar achteren getrokken en haar lange nek was bloot en aantrekkelijk.

Valeria streek met haar vingertop over Onna's kin, tilde hem iets op, kuste haar nek en de zijkant van haar nek, legde de andere hand om de taille van de vrouw en voelde de zachte warmte van de stof.

'Misschien moeten we naar de bank gaan?' Ze stelde voor.

Er was hier ergens een slaapkamer, maar de elf wilde er maar al te graag tijd aan verspillen en ze vermoedde dat de menselijke vrouw dat nog meer was.

Beter hier, in deze kamer weten jullie het allebei niet.

De andere vrouw knikte, misschien dacht ze aan dezelfde gedachten, of was op dit moment misschien te opgewonden om aan iets anders te denken.

Onna ging op de bank zitten en draaide zich bijna om, haar benen slap.

Valeria glimlachte en stak haar hand uit om het gezicht van de vrouw weer aan te raken.

'Maak je geen zorgen,' zei ze sussend, 'dit wordt leuk.'

Ze ging half naast hem op de bank zitten, zodat ze nog steeds tegenover elkaar stonden.

Onna leunde achter de bank voor steun, armen gestrekt, mond gestut, en het rijzen en dalen van haar borst was duidelijker dan ooit.

Een zilveren gesp hield de stof van haar jurk over de ruitvormige halslijn waardoor Valeria een deel van het decolleté van de vrouw kon zien.

Ze streek met haar vinger over het sleutelbeen van haar partner, liep over de ketting met de juwelen, maakte toen behendig de sluiting los, trok de twee stukken stof naar beneden en opzij, zodat Onna's borsten zichtbaar werden.

De menselijke vrouw bewoog niet, alsof ze bevroren was waar ze was, waarop Valeria weer naar haar glimlachte en de schouderbanden vastpakte.

Eindelijk bewoog Onna haar armen alsof ze in trance was en stond een beetje op van de rugleuning van de bank zodat Valeria haar jurk van haar schouders naar haar middel kon trekken.

'Je ziet er prachtig uit,' zei hij eerlijk, maar de vrouw antwoordde niet.

Hij kuste Onna's lippen en tong nog een keer kort en zei meer met het enthousiasme waarmee hij de kussen ontving dan met wat hij onder woorden kon brengen.

Haar blote borsten wreven nu tegen de stof van Valeria's eigen jurk, maar de elf besloot haar eigen kleren nog wat langer te houden.

Toen hij klaar was met de kus, keek hij weer naar Onna's borst.

De borsten van de vrouw waren groot, groter dan de zijne, maar niet overdreven vol.

Ze bewoog haar handen over haar heen, voelde de zachtheid van haar huid en liet de roze tepels verstijven.

De kaartjesverkoper hapte naar adem, een kreet van plezier die onwillekeurig opsteeg.

Valeria glimlachte weer.

Ze genoot ervan en nam de tijd.

Ze leunde naar voren om een borst te kussen, rolde de tepel onder haar tong en liet haar vriend weer naar adem snakken, luider deze keer.

Zijn passie nam nu onmiskenbaar toe, maar hij zette nog steeds geen stap in de richting van de elvenvrouw.

Valeria kuste de andere borst, bewoog haar hand om los te laten en stond toen op.

Onna zag er even gekwetst uit en wilde duidelijk dat het plezier zou voortduren totdat ze merkte dat Valeria haar jurk probeerde los te knopen.

In tegenstelling tot de menselijke vrouw had ze zich niet echt gekleed voor vandaag, hoewel ze dat achteraf wel wenste.

Ze droeg een lange groene jurk die bij het sleutelbeen was uitgesneden maar niet lager, met lange mouwen en een lichtgele top die haar slanke taille liet zien.

Haar haar werd vastgehouden door groene linten aan de bovenkant van haar puntige oren, maar het hing losjes over haar rug en bereikte bijna de bovenkant van haar billen.

Nu knoopte ze de rits los waarmee de jurk achter de hals zat, maakte haar armen los van de smalle mouwen en duwde de jurk over haar heupen.

Terwijl haar vriendin duidelijk had besloten niets onder de top van haar jurk te dragen, had Valeria nog steeds een slipje onder haar zachte witte zijde die haar mooie rondingen benadrukte.

Ze voelde de verwachting in Onna's ogen terwijl ze toekeek hoe ze zich uitkleedde. Zijn blik dwaalde van haar slanke kuiten en zachtgroene schoenen langs haar met zijde bedekte lichaam naar de welving van haar kleine borsten.

Om het moment wat langer te maken, trok Valeria haar jurk uit en deed toen één voor één haar schoenen uit.

Toen knielde hij op het tapijt en voelde de dikke stof op zijn blote knieën.

Hij bevrijdde de ene schouder van de combinatie, toen de andere, en duwde langzaam de zijde over zijn lichaam om hem bij zijn middel te ontmoeten.

Onna maakte geen aanstalten om haar aan te raken, dus hief ze haar hand iets op en kuste haar opnieuw.

Haar borsten, nu zonder stof ertussen, raakten het kleinste paar borsten van de elf, die tegen de langere mensen aandrukten.

De kaartjesverkoper hapte naar adem en trok zich terug uit de kus. Haar emoties waren heel duidelijk.

Valeria besloot dat ze lang genoeg had gewacht.

Ze leunde achterover op haar hakken, bewoog haar handen over Onna's zachte buik, plaagde haar navel, maakte haar riem los en legde die opzij voordat ze de blauwe jurk over de benen van de vrouw trok om zichzelf op te stapelen. op je voeten.

Onna schopte hem, gretig om verder te gaan, en droeg nu alleen haar laarzen en witte slipje.

Nu liet Valeria het slipje van haar vriendin zakken en legde het aan haar voeten, maar geen van de vrouwen bewoog zich om hun laarzen uit te trekken.

Valeria spreidde zachtjes de benen van de mens en streelde de binnenkant van haar blootliggende dij.

Onna huiverde, plotseling kwetsbaar, helemaal bloot.

"Jij wilt dit?" Vroeg de elf, die het antwoord al wist maar de woorden wilde horen.

Maar Onna zweeg en knikte alleen zwijgend.

Ze liet haar vingers weer over de buik van de vrouw glijden, deze keer spreidde ze zich verder uit en streelde het krullende haar over haar kutje.

Toen knielde ze neer en kuste hem.

Het lichaam van de kaartverkoper kromde zich en ze kreunde van plezier, het hardste geluid dat ze ooit had gemaakt.

Aangemoedigd liet Valeria haar tong over de lengte van de vaginale lippen van de vrouw glijden en duwde toen zijn tong diep in haar kutje.

Het gekreun was deze keer nog luider, haar dijen op elkaar geklemd, en Onna stak haar hand uit, streek met haar vingers door het haar van de elfenvrouw en drukte het tegen haar kruis.

Valeria ging door met haar tong in en uit te duwen, genietend van elke druppel van de opwinding van de man en haar clitoris plagen.

Zijn handen streelden de dijen en billen van de vrouw en tilden ze op om een betere positie van genot te bereiken.

Onna kreunde en greep met haar ene hand haar eigen linkerborst en met de andere het hoofd van de elfenmagiër.

Ze sprak voor het eerst en riep Valeria's naam met trillende heupen.

Terwijl de elf verder onderzoek deed, haar klitje likkend en likkend met het puntje van haar tong, kon ze zien dat de kaartverkoper zijn hoogtepunt naderde.

Alle sporen van haar eerdere stilte waren verdwenen, en haar gekreun van lust echode door de kamer.

Het kon niet lang meer duren.

En Valeria wilde ook niet dat hij het deed.

Onna bereikte haar hoogtepunt met een lange, aanhoudende kreun, haar lichaam gebogen tegen de bank, haar laarsvoeten getrommeld op de vloer, haar borsten opgeheven.

De elf leunde achterover en staarde naar de vrouw terwijl ze naar adem hapte. Zweetdruppels sierden nu haar naakte lichaam.

'Dat was... dat was...' Onna hijgde terwijl ze probeerde weer normaal te ademen.

"Dat," zei Valeria, "is nog niet voorbij. Ik denk dat je meer wilt... en ik zal het je geven."

Hij stond op en liet de combinatie langs zijn benen op de grond glijden.

De menselijke vrouw zag eruit alsof ze zich er schuldig over voelde, maar toen likte ze haar lippen terwijl ze de naaktheid van de elf voor haar zag staan.

'Ik weet niet of ik kan...' zei ze smekend. 'Nog niet... je bent mooi, Valeria, en ik wil... maar ik moet op adem komen.'

"Oh, ik denk dat je er klaar voor bent," antwoordde ze, voorovergebogen om die lippen weer te kussen.

Onna sloot haar ogen, de kus ging door en de beweging van haar lichaam terwijl hun borsten elkaar weer raakten overtuigde de elf ervan dat ze gelijk had.

Wat goed was, want haar eigen kutje deed nu pijn, haar eigen plezier had te lang geduurd.

Hij pakte Onna's hand en trok haar naar het tapijt zodat ze met hun gezicht naar elkaar toe stonden.

Ze kusten elkaar opnieuw, hun lichamen ineengestrengeld, hun benen glijdend tegen elkaar aan.

Ze omhelsden elkaar, Onna haalde de vingers van één hand door het lange, zijdeachtige haar van de elf en streelde haar rug terwijl Valeria haar billen streelde.

De kus ging door, het lichaam van de kaartverstrekker wreef over Valerias en haar tepels werden weer hard.

De elf liet haar los, duwde haar hand omhoog om een borst te pakken en wreef toen met een vinger over de roze tepel.

"Zie je?" Ze zei: "Je bent er weer meer dan klaar voor. Maar deze keer..."

'O ja,' zei Onna, 'ik wil dat dit voor ons allebei is. Ik heb hier vaak... over nagedacht. Hoe het zou zijn om met een andere vrouw te zijn, maar nooit... ik zou niet dacht dat ik de kans zou krijgen." Nu wil ik dit moment niet missen. "

"Doe wat je wilt zonder angst," antwoordde de elf en kuste haar opnieuw.

Onna's handen bewogen, glijden om haar buik en naar de kleine borsten van de elf.

Valeria zuchtte tevreden en rolde zich op haar rug.

De kaartjesverkoper boog zich over haar heen, kuste haar sleutelbeen, hield haar borst vast en voelde aan haar handen, maar meer niet.

Om haar op te vrolijken, streek de elven-avonturier met haar eigen hand over de buik van de vrouw, verkende opnieuw tussen haar benen, vond haar lippen vochtig en gezwollen, en nog steeds uitgenodigd voor plezier.

Onna hapte naar adem en boog zich voorover om Valeria's tepels te kussen. Haar tong was nat en gretig.

"Ja...", mompelde ze, "oh ja..."

De elf reageerde door haar vingers naar binnen te bewegen en door de vochtigheid van het poesje van de vrouw te dringen.

Haar partner kreunde en kronkelde op het tapijt toen Valeria een been in haar haakte.

Eindelijk leek Onna te herkennen wat haar minnaar nodig had, raakte voorzichtig de benen van de elf aan en ging met een vinger tussen haar dijen.

Hoeveel heeft dit hem geraakt, deze provocerende actie heeft hem gekost!

Valeria bewoog haar eigen vingers in en uit, gleed in het natte Onna's kutje en liet de vrouw zien wat ze zelf wilde.

De mens rommelde, haar duim gleed in de zoetheid van haar seks over de kut van de elfenvrouw.

De elf kreunde zachtjes, moedigde haar aan en bewoog haar eigen vingers sneller.

Het was te veel voor Onna.

Ze rolde op haar rug, zwaaide met haar benen, kromp ineen en trok zich terug.

Valeria steunde zichzelf op een elleboog, haar vingers nog steeds heen en weer pompend terwijl Onna naar een van haar borsten reikte.

De vrouw smeekte haar nu, happend naar adem en schreeuwend van plezier.

Valeria kronkelde en legde haar gezicht weer op Onna's kutje.

Hij likte er enthousiast aan, zijn wijsvinger gleed nog steeds in en uit de nattigheid van de vrouw en vond haar klit met zijn tong.

Onna schreeuwde, haar eigen liefkozingen vergetend, een hand greep Valeria's billen en drukte haar neus tegen de buik van haar vriendin.

De elf zat bovenop haar, een dij aan weerszijden van haar gezicht, nog steeds likkend en zuigend terwijl haar vinger verder onderzocht.

Met een laatste woordeloze schreeuw arriveerde Onna voor de tweede keer. Haar lichaam schokte en greep Valeria's rug. Haar gezicht was nu tegen een van de binnenkant van de dijen van de elf gedrukt.

Haar benen trilden en ze kreunde toen het lange haar van de avonturier langs haar zij gleed.

'Godin, het spijt me,' zei de mens. "Je bent zo goed". Ze slikte voordat ze verder ging: "Maar ik wil alles. Nu weet ik hoe het voelt. En ik wil een andere vrouw zoals ik laten klaarkomen. Ik moet alleen... ik moet gewoon weten hoe ik het goed moet doen."

'Ik denk dat je weet wat je moet doen,' zei Valeria, 'alsof je het jezelf aandeed.'

Hij was nu ongeduldig, maar probeerde het niet te laten zien.

'Ik heb je nodig, ik heb je nu echt nodig. Ik kan niet langer wachten.'

Onna rekte zich uit en draaide haar gezicht in de eigen kut van de elf.

Valeria voelde zijn vinger in haar kutje glijden en hijgde weer toen het genot zich begon te ontwikkelen.

Ze had bevrijding nodig, ze had het nu dringend nodig.

Ze bewoog haar heupen heen en weer en wreef met zijn vinger over de binnenkant van haar kutje.

De kaartjesverkoper ademde zwaar en was nog steeds niet zeker.

"Ja, dat is goed," kreunde de elf, "niet stoppen."

Onna zwaaide nu ongeduldig met haar vinger en Valeria kromp verwachtingsvol ineen.

De hand van de menselijke vrouw was nu glibberig met haar geslacht toen de elf de binnenkant van haar dij kuste en het puntje van haar tong over een lip van haar vagina streek.

Bij de aanraking van haar tong slaakte de kaartjesverkoper een verstikte schreeuw, trok haar vinger uit en greep Valeria's billen met beide handen vast, waardoor ze haar vagina in haar mond moest laten zakken.

Zijn tong gleed onervaren in de kut van de elf totdat hij haar klit vond.

"Ja, daar!" Valeria gilde en drukte haar heupen tegen het gezicht van de vrouw.

Onna werd aangemoedigd, haar vaardigheden en zelfvertrouwen namen duidelijk toe.

Dat was alles wat nodig was, moed.

De elf kon niet meer praten.

Ze hapte naar adem en riep de naam van haar minnaar naarmate het heerlijke genot toenam.

Ze kwam plotseling en haar dijen grepen bijna Onna's hoofd.

Het was een explosie, haar opgekropte passie verdween in een oogwenk en haar gekreun kwam overeen met dat van haar partner.

Golven van genot stortten zich in haar lichaam en lieten haar blindelings leeg achter.

Onna wist nu precies hoe het voelde om een vrouwenorgasme op haar gezicht te hebben...

HET VERHAAL VERVOLG: CONAN DE BARBAR TWEEDE DEEL

Don't miss out!

Visit the website below and you can sign up to receive emails whenever Erika Sanders publishes a new book. There's no charge and no obligation.

https://books2read.com/r/B-A-IGGS-XIPJC

BOOKS 2 READ

Connecting independent readers to independent writers.

www.ingramcontent.com/pod-product-compliance
Lightning Source LLC
LaVergne TN
LVHW101954220826
846093LV00006B/221
* 9 7 9 8 2 2 3 1 6 3 2 9 9 *